五行歌集

承認欲求

水源カエデ
Minamoto Kaede

そらまめ文庫

目次

第一章　未熟者

同級生に刃物を向けられても
揉み消されても
何も言わないのは
無数の大人に既に
未遂でやられ続けてる

文章を読んだり
書いたりするほど
自分の
未熟さが
顕在化する

人のこと
悪く言わないのは
本当に
嫌いだったら
見えないでしょ

皆が歩いてる道で
称賛されたくない
舗装して裸足で歩いて
評価されたい
分かるか？

今の自分が
どんなに
語っても
「それっぽい」に
なってしまう

自信満々に提出した
原稿用紙は
真っ赤に
染まって
返却された

だんだんと
魅力とブランドを
失っていく
実力をつけるのに
今日も必死

代わりがきくもので
選ばれるより
自分しかできないもので
選ばれる方が
嬉しいのだ

寝癖だらけで行き
お昼は仮眠
放課後に昼飯
ルーティン晒せば
品も学もない

厳しくて無愛想な
担任が
僕の撮った写真をみて
これいいね、と
褒めた

授業で詩を書いたときに
先生に言われた
「ミスチルみたいな詩を書くね」
代わりがいる程度の
自分は未熟

綺麗事と
冗談を
言えなくなったら
余裕がない証拠
エビデンスは自分

課題期日までに出して
テスト勉強して
いい成績取って
そんな自分に
嫌悪感を抱く

第二章　操り人形

万人に愛されたい
ずーっと
チヤホヤされてたい
特別に愛することなく
身勝手

見放題サービス
お客様におすすめの作品
元カノと観た
映画がずらり
解約すんぞ？（涙）

悪いとこすら
愛おしくなるほど
誰かのことを
好きに
なってみたい

彼女欲しいと
よく言うが
「彼女がいる」という
ステータスが
欲しいだけでは？

住んでも
都会の絵の具には
染まれなかった
年々
色落ちしてる

人間関係
大変そうだね
と他人事
だって
自分には関係ない

連絡先交換しよ？
嫌だ
悪気はないの
ただ
信用できない

もし好きって
言われたら？
悪趣味だね
って返す
ダメだこりゃ

あの頃のままの
自分を
期待されても
正直
限界がある

ちゃんとすれば
絶対モテるのにと言うが
ちゃんとできてれば
学校にサンダルで来ないし
自分じゃない

失恋相談されて
元カノの悪口を延々と
聞かされ思わず
「そういうとこじゃない?」
あ、刺しちゃった…

30過ぎたら
生き方が
顔に出るらしい
あと10年の
タイムリミット

自分を
褒めてくれる同級生
面接に連れていって
長所を聞かれたときに
喋らせたい

どんなに
罵倒されても
この世を去らないのは
まだ好きな人に
会えてないから

給付型奨学金に
資金の記入欄
節約と貯金を
頑張った人が
損する国

第三章　承認欲求

ＳＮＳでいいねもらって
承認欲求が
充たされるなんて
羨ましい
それ以上を欲している

素人の意見は
バカにできない
だって受け取るのは
結局
一般人だからだ

正論を言う人は
嫌われる
だって
救われる人もいるけど
困る人もそれだけいる

なんでもかんでも
守る防ぐの世の中
傷ついて、刺されて
それで成長できるのに
推奨もしないけど

進路？
写真か動画か音楽系
それか
子供部屋おじさん
ろくでなし

公園で
うまい棒を炙って
火遊びしてた
あの頃の自分は
もういない

勝手に比べて
劣等感を
感じてみたい
一度ぐらいは誰かに
負けてみたいものだ

素直に謝れない
分からないと言えない
大人にだけには
なりたくないと
立場ある方たちをみて思う

おぉ〜って
言われるために
やっている
自分は
一番の中毒者

規制されたら
合間を縫えばいい
自分みたいな
ひねくれた人間は
そう考える

やりたいことを
評価されるため
期待に応えるために
一度ブレたら
後戻りはできない

あれもこれも
NGな面接
もう
全部ウソ
言ったほうが早い

陰謀論の
面白いとこは
信じて
発狂してる人が
いるってこと

「目を覚まして」

「気づいて！」

「怒りで震えが…」

「涙が止まらない」

浅はかな人の決めゼリフ

ギャップを
出すために
感情にドーピングした
身体に染みついていく
毒と演技力

危険かもって
思ったときに
引き離すことができても
心だけは正直で
残り続けてしまう

さすがです！　と
ヨイショされてきたけど
やっぱり
バカにされてる方が
落ちついちゃう

悪事を
働いた人たちを
責めるのではなく
笑ってバカにしろ
多分、一番効く

何をやっても
二流以下
図々しさと
メンタルは
超一流

第四章　ソリチュード

儚さと
孤独に
魅力を感じて
ソリチュードとか
言い始めてみる

誰かと深く関わるのは
苦手だけど
ほぼ初対面の人に
ノート見せて！　と
図々しく頼るのは得意

いつも楽しそうだね
それは
楽しそうに
見せてるだけで
現実はそうでもないよ

幸せなのは
似合わない
ってことにしたいから
幸せアピールしないの
これも努力

行動力はあるが
それを自慢する
気力がない
品を落とす気がして
プライドだけ高くなった天狗

変わってる自分が
嫌いだった
非凡という
言葉に出会って
好きになった

優等生
ダメ人間
見栄っぱり
プライドゼロ
全部ほしい

生まれ変わっても
自分になりたいか？
もちろん。
ただ
人には勧めない

ＡＩとしりとり
しばらく続けると
「さっき言ってましたよ？」
こいつは
手加減してくれない

マルチは
簡単に
稼げるというが
紹介する
友達いない

真っ先に
手を差し伸べる
優しい人のまま
生きていれば
今はないが失った…

友達想いとか
優しいとか
言われてた
今は
冷たいって

適当に生きてた時は
楽だった
今は人生やめたくなる
そんな自分は
社会不適合者か？

10分やって
問題解決しなければ
人に頼る
唯一の
自分ルール

久々に
愚痴を言ったら
涙が出てきた
これが
噂のストレスか…

昔は
笑った顔が
似合う人だった
今は儚い顔が
似合う人

ドーピングされまくった
身体から
毒を抜いたとき
ふと
こっちだと気づく

自分のことを
話すだけで
嬉しいと言われる
こんなことを
言わせてしまうのが悲しい

いつか
転落するのが
怖かったから
自分から
飛び降りた

最終章

主演・カエデ

大衆と違う道を進めば
危険だ！　と反対する
それを押し切ったから
今がある
はじめての意志表明

小学校の学芸会では
セリフが1つの
役をずっと選んでたのに
今は主演をしたくて
仕方がない

小学生の時は
テストが好きだった
空欄を適当に
埋めて出せば
あとは自由時間

鬱陶しいと
思ってた人が
亡くなったとき
嬉しくも悲しくも
なかった

自信満々で
人前に出てるように
見えるだけで
出るまでずっと
不安と戦ってるんよ

ブレーキが
備わってから
少しはまともに
なったけど
やっぱいらないかもな

挑戦は度胸で勝負
失敗は愛嬌でカバー
この生き方を
いつまで
許してもらえるのか

嫌いな人がいない
つまり
それだけ
周りに
気を遣われてる

自分の考えとか言うと
大人っぽいねと言われる
もうちょっと
子供でいたかった
18才

申し訳ないっ
相手を
バカにできて
怒られない
謝り方

人の遅刻に対し
前は注意してたが
今は
自分が間に合ってれば
いいやと思う

過去はどうにもならないことは
分かってる
でも、悔やまないと
責めないと
また失敗するから

カッコつけて
撮った写真の顔が
絶縁した父にそっくりだと
母が言う
ちくちく言葉

すぐマウントを
取る人に
全部説明させると
マウントを
取られなくなる

高校生になりたての
新人バイト
もう、
自分は19歳か〜と
実感する春

学歴なんていらねと
豪語してたのに
結局
進学という安定に
逃げた

跋

草壁焰太

『承認欲求』とは何かと思ったら「いいね」のことだった。「いいね」の数、確かに多少気にしている自分がいる。しかし、それはほんとうに求めていることでもない。

代わりがきくもので
選ばれるより
自分しかできないもので
選ばれる方が
嬉しいのだ

著者は、ほんとうの欲求をちゃんと示している。彼は十九歳にして、二冊目の歌集を出すことになったが、ほんとうの自分を掴んでいる。いっさい幻想を抱かず、自分自身を見極めているのが、この歌集の大きな長所であろう。

彼は、五行歌のふんいきの中で育った青年で、どういう人になっていくのか、私自身非常に興味を持っている。もの思う人になってほしい、と秘かに願ってもいる。幻想を抱かず、いい方向に向いているから、これからに期待できる。

土台も、方向も、自分自身もできた。

さあ、これからである。社会、世相について否定的な歌が多いが、これからは肯定が基礎になってくる。一つの肯定がしだいに固まり、大きく、豊かになって自分はそれ以外の何物でもない、となってきたとき、人皆から選ばれた人となる。

私は、そう思う。

その第一歩はもう踏み出している。何かよいことがあってほしい。それを肯定して、だから次も肯定する。写真の道か、五行歌の道か、とりあえず二つの道がある。

十九歳で、たいしたものだ。私は二十八歳で最初の詩集を出し、枕の前に飾って寝た。彼は二十歩くらい先を歩いている。

凄い者になりそうだ、私の予感がそう語る。

あとがき

十四歳のときに『一ヶ月反抗期』を出版して以降、ずっと二冊目を出したかった。十代はずっとカメラを持って、写真や動画など様々な表現活動を続けてきた。しかし高校生の自分が歌集を出版することにはまだ抵抗があった。毎日学校には行っていたけれど、座っていただけで同世代より語彙が少なく、言葉での表現の幅が圧倒的に狭いのだ。

自分の書く言葉にも自信を持てなくなっていた。自分の高校の名前を検索すると、検索候補に「ヤンキー」「いじめ」と出てくるようないわゆる底辺高校と呼ばれるところに通っていた。実際は穏やかな人しかおらず、自分が誰かをいじめてるんじゃないかと不安になるほどだった。

十七歳のときにSNSで活動をしていて、徐々に注目されるようになり、小さな企業とのコラボ企画をするようになった。企業の方と打ち合わせをすることになり、「メール対応はご両親がされてるのですか？」と聞かれた。自分でやっていることを伝えると「しっかりとしたビジネスメールだったので…」と驚かれた。今思うと、気分を良くさせるためのお世辞だったのかもしれないが素直に嬉しかったし、徐々に言葉を書くことへの自信も取り戻していった。実に単純である。

最近は挑戦しているように見せかけて、逃げている。誰かを説得させるための材料と認めさせるための素材ばかりを集め、名ばかりで中身が空っぽの媚を売ったような活動しかしていない。現実が見えて純粋にものづくりが楽しめなくなってしまっている。媚を売った先の現実はもっと残酷で虚しいことにお金になってしまう。チヤホヤされて自分も他人も騙して、やめられなくなる合法薬物をやっている気分になった。

だからこの歌集は逃げずに自分と向き合った。

詩は書き下ろしで写真も編集もすべてセルフプロデュースして逃げられないようにしてやった。ここまでしないと、変なプライドを捨てられなくなってしまった自分への戒めの意味も込めて、タイトルは一番言われたくない『承認欲求』にしてやった。

水源カエデ

水源カエデ（みなもとかえで）
2003年　神奈川県川崎市生まれ
2017年　『一ヶ月反抗期』出版
2022年　都立荻窪高校卒業
現在、日本大学芸術学部在学中
SNSなど様々な媒体で多面的に活動中

そらまめ文庫　み1-2
五行歌集　承認欲求

2022年11月18日　初版第1刷発行

著　者　　水源カエデ
発行人　　三好清明
発行所　　株式会社 市井社
〒162-0843
東京都新宿区市谷田町3-19 川辺ビル1F
電話　03-3267-7601
http://5gyohka.com/shiseisha/

印刷所　　創栄図書印刷 株式会社
写真　　水源カエデ
近影写真　　セルフポートレート
編集＆装丁　水源カエデ
デザイン監修　水源カエデ

ISBN978-4-88208-198-2